L'ULTRA-ROYALISTE

CORRIGÉ,

OU

AVIS AUX ENTHOUSIASTES

EN MATIÈRE DE RÉVOLUTIONS;

Par H.-G.-M.-N. JORAND.

In omnibus finem, et in novis rebus duces respice.

C'est en toute chose la fin, et en révolution les chefs qu'il faut considérer.

A PARIS,

De l'Imprimerie des Royalistes contents de tout.

1818.

MOT D'AVERTISSEMENT.

PARMI les milliers de gens qui lisent et dévorent les productions du Prince de nos prosateurs, le petit nombre de ceux qui liront ou feuilleteront cet opuscule, ne manquera pas de croire que l'immortel écrit de cet Auteur, la MONARCHIE SELON LA CHARTE, a puissamment aidé et dirigé ma composition. Le fait est que j'avais tout fini et corrigé, avant que j'en eusse la première connaissance, et que depuis, ayant eu l'avantage de m'en procurer la lecture entre la correction et l'impression, je n'ai pas changé une syllabe. Ceux qui me connaissent, me croiront; et pour ceux-là j'ajoute, que, mettant à part la modification qui s'est opérée dans mes opinions politiques, il m'a été bien doux de voir que, sur cinq ou six points de la plus haute importance, mes idées s'étaient exactement rencontrées avec celles d'un esprit aussi profond, d'un génie aussi admirable. J'avoue ingénuement que mon amour-propre a savouré cette gloire, et que c'est encore lui qui pour son petit intérêt a obtenu de ma plume ce mot d'Avertissement.

L'ULTRA-ROYALISTE
CORRIGÉ,
ou
AVIS AUX ENTHOUSIASTES EN MATIÈRE
DE RÉVOLUTIONS.

QUAND le Fabuliste latin et après lui le nôtre donnèrent le conseil de considérer la fin en toute chose, ils donnèrent nécessairement et implicitement celui que j'ai ajouté au leur dans mon épigraphe; car il est incontestable que dans les révolutions les chefs d'un parti en sont l'ame, la vie, la règle et *la fin*. Placés au centre de la sphère dans laquelle tournent et s'agitent les milliers d'élémens divers qui les servent, ils les emploient, les dirigent, les combinent, les fixent enfin à leur volonté: et tout ce qui prétend agir, s'élancer, tourbillonner, autrement que dans le sens indiqué, dans l'impulsion donnée par eux, s'expose tout au-moins au ridicule, si ce n'est pas même à de réels dangers. D'où il suit, que le point capital, quand on embrasse un parti en révolution, c'est de bien étudier et connaître le génie, le caractère, l'ame, les dispositions des chefs à qui l'on se voue; et de régler sa conduite en conséquence. Quand mille et mille faits historiques français ou autres ne prouveraient pas cette vérité, * ce qui se passe en France depuis le retour de nos Bourbons vaudrait toutes les preuves imaginables.

A-peine ces bons Princes eurent-ils si heureusement ressaisi le sceptre de leurs aïeux, que la très grande majorité de leurs serviteurs et défenseurs s'attendit à voir changer tout le systême politique de l'administration avec les nouveaux administrateurs, qu'elle avait le bonheur de revoir à leur poste. Niaisement guidée par la routine des vieilles doctrines suivies dans tous les temps et dans tous les lieux en pareille situation, elle pensait qu'en révolution les parties mixtes n'aboutissaient à rien; que les systêmes de fusion, de réunion, de compensation étaient chimériques et dangereux, s'ils n'étaient pas ridicules et funestes; qu'il fallait nécessairement ou écraser ou être écrasé soi-même; qu'on ne finissait une révolution, qu'en comprimant les révolutionnaires; qu'on n'anéantissait les espérances audacieuses du parti vaincu, qu'en lui ôtant tout moyen de les réaliser; qu'une conduite

---

* En Grèce bien des Gouvernans, à Rome plus d'un Empereur de fabrique militaire, Gustave Vasa en Suède, Charles II en Angleterre, et en France, sans fouiller dans l'ordure des tyrans-républicains qui se supplantèrent si rapidement les uns les autres, en France l'échappé d'Égypte au 18 brumaire, et tant d'autres et tant d'autres, que l'histoire offrirait je le parie, à livre ouvert, si on la consultait, adoptèrent après leur triomphe une conduite politique qui rejeta un peu loin de leur compte les compagnons, les instrumens et les partisans de ce même triomphe. Ils ne s'accordèrent tous ou presque tous que sur un seul point, la répression, oppression et dépression du parti vaincu, avec l'adoption de tout systême.

contraire ne pouvait guères produire qu'un triste résultat ; que chercher à gagner, attirer, ramener des incorrigibles , c'était s'avilir sans les changer, exciter leur mépris sans éteindre leur haine ; augmenter leur audace sans diminuer leur malveillance ; et peut-être aussi risquer d'aliéner un peu les fidèles à la bonne cause sans s'attacher ceux qui l'étaient à la mauvaise, de perdre trop malheureusement un bon nombre de ses amis, sans gagner véritablement un seul de ses ennemis. Elle se flatta donc que Louis XVIII, adoptant ces maximes déja consacrées par tant d'exemples, et surtout par celui de Ferdinand VII, son auguste parent, les sanctionnerait par le sien propre ; n'admettrait, pour entourer son trône et en garder tous les accès, que ses partisans, ses amis, ses affidés ; ferait rentrer dans la nullité, dont ils n'auraient jamais dû sortir , les coryphées de la révolution et de l'empire Corse ; enfin écarterait de *tous* les emplois civils, militaires et judiciaires, *tous* les sectateurs, fauteurs, suppôts et valets des diverses tyrannies, qui avaient successivement exploité la France depuis vingt-sept ans. Voilà quels étaient généralement l'opinion , l'espoir et les vœux des royalistes au retour de leur Roi ; voilà quels étaient les miens propres ; j'en dois et veux convenir ici *avec* ou *sans* humilité, selon que le lecteur le jugera plus convenable.

Mais le bon Louis, dont la haute sagesse, portée plus haut par 20 ans de malheurs et d'expérience, avait dès long-tems, et dans son exil-même, créé, disposé, coordonné dans toutes ses parties, un vaste plan d'administration, un vaste systême de politique, absolument contraire à ce que l'on attendait, le mit à exécution, aussitôt qu'il régna, le suivit, le développa, le soutint avec une constance digne d'une belle ame et d'un meilleur sort.

Les royalistes, qui ne concevaient pas bien les vues sublimes de leur maître, et qui espéraient l'en voir revenir d'un jour à l'autre, surtout en considérant que la conduite tout opposée du Roi d'Espagne ne lui réussissait point du-tout mal, et qu'elle devait assez naturellement avoir sur celle du Roi de France une certaine influence ; qui d'ailleurs voyaient tous les jours s'accroître, avec la bonté angélique de Louis, l'audace effrénée des partis napoléoniste et révolutionnaire, tonnaient avec fureur contre eux, dans des écrits virulens, qui dépassaient quelquefois la limite tracée par le système du souverain. Ce fut alors que prit naissance cette guerre acharnée de brochures et de pamphlets, qui rappelaient si bien la sinistre aurore de notre révolution (comme ils la rappelent passablement encore aujourd'hui) ; ce fut alors que se décochèrent, parmi un bon nombre de dénominations amères, celles d'Ultra-Royalistes et d'Ultra-Libéraux. * Ce fut alors que, partageant *l'indignation* de mon parti, je publiai *mon Cri.*

---

* Ultra-Libéral ! cela s'entend de suite et de reste, de la liberté à la licence : d'un libéral à un démagogue la distance n'est pas considérable, et la pente est rapide ; mais Ultra-Royaliste ! comment concevoir, au premier abord, que l'on puisse trop bien servir, trop ardemment désirer de voir heureux et triomphant son Roi ? je le conçois pourtant enfin ; mais il m'a fallu du tems, et ce n'a pas été sans peine, *ô cæcas hominum mentes !*

Bientôt hélas! le vingt Mars vint replonger les royalistes dans le deuil et la France dans le chaos. L'horrible trahison de l'armée conservée ; l'horrible trahison de tous les suppôts du Corse disséminés dans tous les emplois ; l'insouciance désastreuse de l'immense population répandue sur les 200 lieues de terrain qui séparent Canne de Paris, complettèrent en quinze jours l'expulsion d'un bon Roi, et la complettèrent, (circonstance inouie dans les annales des peuples) sans l'effusion d'une seule goutte de sang. Ici je cède au besoin impérieux que j'éprouve d'interrompre un instant mon exposé, pour adresser quelques phrases à cette nuée de journalistes, feuilletonnistes, libellistes, publicistes, philosophistes, et autres gens en *istes*, dont les doctrines si précieuses, répandues, distillées dans mille écrits divers, avec plus ou moins d'art, d'esprit et de génie, pour l'enseignement et le perfectionnement de toutes les classes de la société, ne servirent pas peu, selon moi, à préparer et assurer cette fatale expulsion. Je ne me permettrai que cette seule petite digression :

Honnêtes libéraux de toutes les couleurs et de tous les talens, quel rôle jouàtes-vous sur la scène politique, quand votre grand-homme du destin se replaça fièrement, pour *cent jours*, sur le trône, que la guerre et le crime lui avaient donné, que la paix et le bon ordre lui avaient ôté? Ah ! comme vous jetàtes bien-vîte l'ample manteau de votre lâche hypocrisie, pour vous montrer à tous les regards sous la livrée leste et brillante de satellites du triomphateur ? Ah ! qu'il est plaisant et instructif tout à la fois de vous comparer à vous-mêmes dans tout ce que vous disiez, écriviez, faisiez avant et après cette désastreuse révolution ! *Avant*, le despote oppresseur de la patrie avait dégagé, par son abdication, tous les Français du honteux esclavage que son ambition effrénée et sa hideuse tyrannie avaient si long-tems fait peser sur eux. *Après*, le Dieu protecteur de la France et de ses destinées était heureusement remonté dans son Olympe, y avait ressaisi son aigle, sa foudre et sa puissance, pour le triomphe de la bonne cause, l'anéantissement de la mauvaise, la gloire du nom Français, et le bonheur du grand peuple. *Avant*, les Bourbons et leur Chef légis-lateur étaient des princes éminemment Français, parfaitement instruits à l'école du malheur, bien dignes par leurs vertus, leur sagesse, leur ama-bilité, leur noble caractère, de rentrer dans le bel héritage de leur grand aïeul Henri IV. *Après*, c'était une race abâtardie, que vingt-cinq années d'absence avaient rendue étrangère à nos mœurs ainsi qu'à nos cœurs, qui ne se mettrait jamais à la hauteur du siècle, et que la génération actuelle repoussait, comme les ligueurs avaient repoussé celui qu'un tyran sorti de la fange appelait impu-demment le roi de la canaille. *Avant*, vous faisiez entendre, de manière à ne pas vous enrouer, le cri méthodique, vive le Roi ! vive la Charte ! *Après*, vous entonniez, de toute la force de vos poumons dilatés, le cri triomphal, vive l'Empereur ! vive le Champ de Mai ! *Avant*, vous versiez à flots le sar-casme et l'outrage sur ces pauvres royalistes, qui brûlaient et demandaient de servir leur Roi dans toutes les places. *Après*, vous mendiiez avec bassesse, ou vous acceptiez avec transport tous les emplois que le nouvel Empereur postiche avait à distribuer. *Avant*, vous excitiez d'un ton doucereusement philantropique tous les Français à la réconciliation, à l'oubli du passé, à l'amour fraternel, à leur réunion en un faisceau, sous le sceptre paternel du meilleur des Rois. *Après*, vous tonniez, d'une voix un peu brutalement énergique, contre les vils sectateurs d'une dynastie anti-nationale, contre les adhérens déhontés d'une cause anti-française, qui avaient prétendu faire rétrograder la marche de l'esprit humain, ou plutôt de la révolution ; et vous vous délectiez à *faire* ou à *voir* dresser partout de belles et longues listes de proscription, qui n'eussent que trop bien servi, si la foudre de Waterloo n'était pas venue les mettre en poussière. Voilà, sans exagération comme sans fard, quelle fut votre conduite dans les deux situations ; et vous conviendrez qu'elle a bien son côté plaisant, si elle en a un autre, qui ne l'est guère. J'ai laissé de côté, par exemple, le fatras obligé de votre métaphysique abondante en grand mots et belles phrases, sur la sublimité du siècle, à laquelle vous croyez passablement contribuer ; sur le patriotisme, que vous entendez à votre façon ; sur la dignité de l'homme, que tout homme conçoit bien sans vous ; sur le progrès des lumières, que personne ne conteste ; sur la perfectibilité, dont chacun rit ; sur les priviléges nobiliaires, qui ne sont plus des hochets que pour vous-mêmes ; sur la féodalité, qui n'est pour ainsi dire plus aujourd'hui un mot français ; sur l'avantage de bonnes loix, qui se sent pour un peuple, comme celui d'un bon air pour un malade ; sur le bienfait de la Charte, que partout on révère et bénit ; enfin sur mille autres lieux communs que vous ressassez infatigablement pour embrouiller la matière, et qui, jugés à-fond depuis trente ans, fatiguent un peu plus les lecteurs qui savent lire vos dangereuses macédoines. C'est une espèce de *pasticcio politique*, immense, dans lequel vous disséminez, vous fondez assez habilement les grandes questions qui vous occupent principalement, et qui sont entre autres, la doctrine du gouvernement de fait, parce qu'elle anéantit le gouvernement de droit ; l'exaltation des braves et de leur gloire, parce qu'ils savent, en se parjurant, faire changer de maîtres les Tuileries et la France ; le rappel des bannis, parce qu'ils furent et peuvent être encore de puissans auxiliaires ; des anathêmes contre les troupes Suisses, parce qu'elles ont fait leurs preuves et les feraient encore au besoin ; du pathos sur le culte religieux de la patrie, pour insinuer dans les cœurs, qu'*elle* est *tout*, et *le souverain, rien ;* la préconisation de cette chère liberté, pour éconduire cette insupportable légitimité ; et surtout l'importance d'un certain choix de députés, pour obtenir bien vîte cette majorité, qui saura faire sa besogne.*

---

* Au moment où j'imprime, cette besogne vient d'être indiquée en termes à-peu-près clairs, par un libéral qui

Voilà les articles qui vous importent bien autrement que les autres , et qui malheureusement n'importent pas moins au bonheur et au malheur de la France, puisqu'il en peut découler pour elle , d'après votre triomphe ou votre défaite , l'ordre ou le desordre , la paix ou la guerre , une permanence de situation politique , ou d'affreuses révolutions , des souverains légitimes, ou des usurpateurs. Voilà les articles que vous laissez soigneusement apparaître de place en place , pour l'édification des uns et l'effroi des autres ; à-peu-près comme ces éclairs sinistres , qui sillonnent bien long-tems un ciel chargé de nuages, avant que la tempête se déclare. Voilà les articles que le lecteur éclairé sait extraire, avec précision , du vaste recueil qui les recèle ainsi que le reste , pour les juger et vous-mêmes avec eux. C'est ainsi que , dans les lieux où s'escriment des histrions escamoteurs , devant un public immense et émerveillé , l'observateur judicieux détourne , avec soin , son attention du verbeux appareil de leur amphigouri , pour la donner tout entière au jeu assez actif des boules petites et grosses, qui se succèdent, par intervalles , sous les gobelets. Je n'ai garde non-plus d'aligner ici vos noms , soit en toutes lettres , soit par vos initiales ; ces personnalités répugnent à la bonne éducation

---

s'y entend. On n'en est pas encore à sonner le tocsin contre la famille collatérale de notre bon Roi ; mais voilà toujours la loi fondamentale du Royaume attaquée sans détour ; c'est un bon pas de fait ; et avec le tems on cheminera vers le grand but qu'on veut atteindre.

et à l'urbanité française ; quatre mots suffisent : *vestra manent scripta in chartis , acta in mentibus ;* et un travail , curieux par sa nature et son mérite , serait de trier et de compiler partout les monumenst ypographiques de votre illustration politique après le 31 Mars 1814 , et après le 20 Mars 1815. Mais voici du plus plaisant ou du plus fort , et que personne ne croirait , si tout le monde ne pouvait encore vous lire ou vous entendre : C'est qu'après tout ce qui s'est passé , après la leçon un peu chèrement payée des *immortels cent jours ,* vous parlez , écrivez , agissez , en 1818 , comme vous parliez , écriviez , agissiez en 1814 , *ne plus, ne moins ;* et que, si le cher Juvénal, qui n'était pas plaisant lui , revenait de l'autre monde avec ses *vers sanglans ,* pour vous *fouetter ,* il pourrait encore débuter contre vous par l'*ecce iterum Crispini.*

Il y a pourtant cette différence , que cette fois vous en êtes seulement à la 1re partie de la reprise de vos rôles, et que la seconde, s'il plaît au Dieu de toute justice , n'aura plus de réprésentation. Mais alors cette réprésentation eut lieu avec tout l'éclat, toute la supériorité que vous aviez espérés et préparés ; alors, pour reprendre mon récit, hélas ! trop fidèle, l'usurpateur, que vous reconnaissez hautement avoir possédé un grand talent d'*éloquence militaire* à cette époque , et qui sçut le joindre à un grand développement de puissance nationale ; l'usurpateur remit tout en armes et en combustion pour soutenir sa cause. L'Europe entière , qu'il voulut niaisement amadouer, après l'avoir si odieu-

sement opprimée, répondit à ses jongleries diplo-
matiques par un mépris écrasant, fondit une seconde fois sur la pauvre France, l'envahit de-
nouveau, la foula, l'opprima, la flagella, et la flagella si bien, pour la punir, que pendant un siècle
peut-être elle s'en ressentira.

Heureusement du-moins elle ne fut point par-
tagée ; elle fut rendue dans un état déplorable à
son légitime Souverain ; et si ses vrais enfans eu-
rent à verser des larmes de douleur sur sa détresse,
ils purent aussi en verser de joie sur le bien inestimable, qui pour elle compensait tant de maux.

Mais après ce second bienfait de la providence,
oh ! ce fut pour le coup que les fidèles amis des
Bourbons s'attendirent à voir déployer la plus ri-
goureuse et vigoureuse sévérité par le Monarque
une seconde fois restauré ; et ce qui est impayable,
c'est que leurs ennemis s'y attendaient aussi. Tous
les traîtres étaient anéantis ; tous les parjures en
place se crurent suprimés sans retour ; tous les
parjures en épaulettes se crurent licenciés sans
solde, sans habit et sans croix ; l'éclatante puni-
tion infligée à la France par les Alliés confirmait
généralement dans cette opinion. On pensait que
le trivial adage, *qui frangit vitros, solvere debet
eos*, était-là d'une juste application ; qu'il était tout
simple que ceux qui avaient ouvert l'abîme, le
comblassent ; que ceux qui avaient apprêté le régal
du Corse en payassent la façon. Les Alliés avaient
pensé de-même ; et les proclamations de leurs Gé-
néraux l'attestent positivement. « Nous n'en voulons point, disaient-ils, à la paisible majorité des

Français; nous n'en voulons qu'à l'audacieuse et incorrigible troupe des suppôts de Napoléon. Le repos et le bonheur du monde, qui ne peuvent exister s'il règne et commande, nous ont ramenés à grands frais, du fond de nos provinces, pour l'extermination de ce brigand et de son pouvoir; tous les misérables, qui le voulurent, le rappelèrent, le soutinrent, et avec lui cet assemblage de maux affreux qu'il traîne à sa suite, seront seuls punis, comme ils ont mérité de l'être : les réquisitions, les contributions, dont nous allons frapper les villes et leurs habitans, ne seront que de véritables emprunts, remboursés en définitif par les seuls traîtres *napoléonistes.* » Telle était leur déclaration solennelle; et leurs actes y répondaient; et déja des séquestres avaient été mis par eux sur les biens de quelques grands faiseurs; et déja, dans mon canton, le domaine et les meubles du duc de Vicence avaient été saisis par ordre des Autorités Prussiennes. Qui n'eût pas cru que ces principes ainsi proclamés par les restaurateurs de Louis xviij, seraient adoptés et développés par ce Prince, dont la catastrophe momentanée n'avait eu pour cause que le même crime et les mêmes criminels? Qui n'eût pas cru que des impôts forcés, frappant uniquement les traîtres de tous les étages, consacreraient cette vieille maxime, *de faire réparer le mal par ceux qui l'ont commis ?*

Enfin ce qui se passait en Espagne depuis la restauration de Ferdinand VII, portait encore à cette croyance. Ce monarque n'était remonté sur son trône que le fouet à la main. Proscrivant, déportant , bannissant , confisquant , incarcérant , déplaçant , comprimant et punissant d'une part ; honorant, décorant, anoblissant , élevant , enrichissant , plaçant et récompensant de l'autre ; il s'était fait craindre , adorer , révérer tout-à-la-fois ; et , n'amenant que par dégrés , de loin en loin , et en forme de grace , les adoucissemens , les améliorations qu'il voulait accorder au sort des traîtres et des rébelles de son royaume , il avait encore fait bénir sa clémence , sans laisser dévier sa justice ; il avait enchaîné , par la reconnaissance , ceux qui lui étaient le plus opposés par l'esprit de parti ; il avait assis son pouvoir et son bonheur sur deux bases inébranlables , le tendre amour et la soumission profonde de ses peuples ; et , tandis que les folliculaires français , dans leurs feuilles cyniquement libérales , déclaraient , comme ils le déclarent encore, ce Monarque en péril et sa monarchie aux abois , ses augustes regards, parcourant toute son Espagne , ne voyaient partout que repos , bon ordre , contentement , dévouement et félicité. Tel était le résultat incontestable du systême politique qu'il avait adopté et suivi. Ne devait-on pas naturellement penser que Louis XVIII l'imiterait après sa seconde restauration, lors qu'il lui en avait tant coûté pour ne pas l'avoir imité après sa première ?

Mais le bon et le sage régulateur de la destinée des Lis français, né pour servir d'exemple aux Rois, et non pour le recevoir d'eux ; toujours impénétrable dans la grandeur de ses plans, toujours imperturbable dans leur exécution ; jugeant avec la sagacité pénétrante d'un esprit supérieur les temps, les lieux, les hommes et les choses, au milieu desquels il se trouvait, et les jugeant d'une toute autre manière que les Ultra-Royalistes ; enfin n'ayant jamais devant les yeux que deux points capitaux, clorre la révolution en l'adoptant, et s'immortaliser par cette sublime clôture ; n'apporta la deuxième fois aucun changement, aucune modification au système adopté la première; n'en continua pas moins, avec la même ténacité, de chercher à compenser les choses, concilier les opinions, réunir les partis, ramener ses ennemis, les fondre avec ses amis, composer de tant d'élémens contraires un ensemble tout miraculeux ; n'en continua pas moins de ne punir, de ne rechercher, de ne voir aucun coupable ; de n'envisager dans tous les Français, quelle qu'eût été leur conduite avant, pendant et depuis la première restauration, que des enfans également chéris et dignes de l'être, de les traiter tous avec une incommensurable sollicitude, de n'admettre dans la distribution des graces et des charges, des emplois et des impôts, des punitions et des récompenses, que la plus stricte impartialité, de tout faire enfin pour prouver au monde entier l'impassibilité de sa belle ame, et la sublimité de son rare génie.

Plus encore que la première fois alors les Ultra-Royalistes, *désappointés*, gémirent, murmurèrent, purent à-peine en croire leurs yeux, allèrent jusqu'à penser, que le Monarque influencé, dominé par des ministres ou trompeurs ou trompés, n'agissait pas suivant ses propres inspi-

rations, ou bien se laissait aller avec trop d'aban-
don aux mouvemens irréfléchis d'une générosité
excessive, et qui lui serait encore funeste ; et que
soit l'une soit l'autre de ces deux causes avait in-
terrompu, suspendu cette harmonie touchante et
parfaite, qui exista toujours entre le Chef suprême
et tous les autres membres de l'auguste Famille qui
nous régit. Comme si ces bons princes pouvaient
jamais faire ni vouloir autre chose que ce que fait
et veut celui qui n'est pas moins leur Roi que le
nôtre ! De-là quelques écrits et quelques discours,
déplacés à-force de zèle et de véhémence, s'échap-
pèrent de la plume et des lèvres des plus nobles et
des plus purs défenseurs de Louis, qui écoutèrent
trop peut-être, avec l'amour qu'ils portaient à sa personne sacrée, les craintes qu'ils éprouvaient pour
elle, et pas assez la soumission entière qu'ils de-
vaient à sa volonté suprême. De-là le mécontent-
tement du Monarque ; delà ces fameuses disgraces
des plus dévoués serviteurs ; de-là cette dissolution
du Corps Législatif, et les loix qui en dérivèrent ;
de-là ce principe solennellement établi, que *tous*
les services rendus à la patrie, par *tous* les Français, à *toutes* les époques, avaient un droit égal
à la reconnaissance, à la bienveillance, à la mu-
nificence de nos bons maîtres ; c'est-à-dire que les
braves soldats impériaux, qui dans le nord et dans
l'est de la France se battirent et moururent en
défendant le Corse contre les Alliés, avaient le
même mérite, étaient vus du même œil et placés
sur la même ligne, que les valeureux Chevaliers,
qui dans les champs Vendéens prodiguèrent leur

sang et sacrifièrent leur vie en défendant les Bourbons contre le Corse.

Enfin, pour imprimer un plus grand éclat à sa
politique, et pour la faire connaître irrésistible-
ment à ses peuples, Louis XVIII fit faire dans un
bon nombre de départemens, par son auguste
neveu Monseigneur le Duc d'Angoulême, ce long,
admirable et mémorable voyage, où les beaux
mots d'*union* et *oubli* sortant sans-cesse de la
bouche du Prince, pour aller retentir dans toutes
les parties de la France, avec tous les actes qui
confirmaient la doctrine, ne laissèrent plus l'ombre
d'un doute sur la volonté unanime et précise de
nos Bourbons. Ce fut dans ce voyage, dont ma
ville profita, qu'enfin mes yeux s'étant dessillés,
je vis clair, devins sage, et rentrai dans la bonne
voie.

Je le déclare donc avec franchise et simplicité ;
depuis la première restauration, jusqu'à la venue
dans notre ville de S. A. R. Mgr le Duc d'Angoulême, je fus un Ultra-Royaliste obstiné, dans le
sens attaché à ce mot ; jusque-là je crus cette
opinion politique la seule digne d'un bon Français ;
jusque-là elle fit le bonheur de ma vie ; et aujour-
d'hui-même que j'y ai renoncé, pour ne plus la reprendre, je doute que je sois jamais aussi heureux
qu'auparavant. Mais enfin mon aveuglement a
cessé ; j'ai maintenant le bon esprit de voir et de
sentir, que les Ultra-Royalistes ne sauraient plaire
à notre bon Maître ; qu'il n'appartient pas à des
sujets d'examiner si leur maître a tort ou raison ;
qu'ils doivent le servir exactement comme il veut

être servi ; qu'enfin l'excès du zèle, de l'amour, et du dévouement-même devient presque condamnable, quand il ne lui agrée pas. Je suis donc un Ultra-corrigé, et je bénis l'auguste main de S. A. R., à qui je dus la chûte de mon bandeau.

Quand on est revenu d'une erreur, que l'on caressa long-tems, et qu'on ne quitta point sans de longs combats, il est naturel que l'on aime à instruire les autres de son changement, à leur en exposer les causes, enfin à se faire juger par eux, comme on le désire et comme on s'en flatte. J'ai donc pensé qu'il n'était ni déplacé ni ridicule de faire connaître par la voie de l'impression cent particularités qui me concernent, qui me corrigèrent, et qui pourraient encore en corriger d'autres. Je l'ai pensé, je l'exécute ; et il est donc indispensable, (j'en demande bien pardon à mon lecteur), que, commençant ici à l'occuper de moi, je me replace à l'époque du 31 Mars 1814.

La chûte si tardive, si éclatante, et si juste du monstre qui tortura si long-tems l'Europe et la France, ne put jamais, j'ose l'avancer sans crainte, enivrer personne, plus que moi, de joie et de bonheur. Yvre donc de ces deux sentimens, quand Alexandre vint abattre l'idole que j'abhorrais, je ne pus m'empêcher, dans mon enthousiasme, de lui adresser *mes stances*. Yvre d'amour et d'allégresse, quand les Bourbons rentrèrent, j'osai leur adresser *les vers qui servent d'envoi à mes stances*. Soulevé d'indignation à la lecture de tous les pamphlets, odieux précurseurs hélas ! de la rentrée du Corse, je publiai *mon Cri*. A-peine avait-il paru,

que le 5 Mars tonna ; je me crus perdu , et pourtant
je ne me repentis pas une minute de mon énergie.
Jusqu'au vingt, je restai dans Paris, que j'habitais
alors ; le 20 à midi, je pris la fuite ; je vins me ca-
cher dans mon pays ; j'y attendis en silence les
événemens ; Waterloo tonna à son tour ; le mo-
derne Attila tomba une deuxième fois, et je me
sentis renaître au bonheur. Ici commence la petite
série de faits, de circonstances, de particularités
dont j'annonçais tout-à-l'heure la communication,
avec les raisons qui me portent à la faire. Si on les
a trouvées mauvaises, je ne les rendrais pas meil-
leures en les répétant ; si on les a trouvées bonnes,
on continuera de me lire ; et je poursuis, sans aucune précaution oratoire nouvelle.

A-PEINE LA PROVIDENCE , en foudroyant la cause
impie du Corse et des Napo-Conventionnels, avait-
elle rendu pour la deuxième fois , à la France, ses
Maîtres légitimes , aux royalistes le bonheur , et à
tous les Anti-Royalistes leur honte avec leur nullité ; que, reprenant avec autant de force que de
raison et mon désir et mon espoir d'être enfin
admis à servir les Bourbons , j'écrivis au Marquis
de Nicolaï, Préfet de mon Département , la lettre
suivante :

M. LE PRÉFET ,

« Je vous dois et vous offre, comme au premier
Magistrat de mon Département, l'hommage des
trois petits écrits que vous avez sous les yeux. Les
deux premiers ne sont qu'une bagatelle poétique ,
produite par l'élan de mon cœur , à la vue du ma-
gnanime Alexandre d'abord , et ensuite de nos

adorés Bourbons. Mais le troisième, né de l'indignation profonde qu'excitaient en moi les discours, les écrits et les manœuvres des incorrigibles napoléonistes et révolutionnaires, a peut-être droit à quelque considération, dans ce moment surtout, où éclairé enfin sur ses vrais intérêts, comme sur ceux de la Patrie, le gouvernement de nos Bourbons paraît vouloir tenir une marche ferme et imposante envers les deux classes perverses que je viens d'indiquer, et qui sont également les mortelles ennemies de la France et du monde. Si vous daignez, Monsieur, me lire entièrement, vous verrez dans mon placet imprimé au Roi une sollicitation d'emploi assez neuve dans ce siècle-ci. Je n'ai point changé de dispositions ; et toujours brûlant du désir de servir gratuitement mon Roi et ma patrie, je suis aux ordres de toute Autorité supérieure, qui voudra m'employer ainsi à son service, d'une manière pourtant qui s'accorde avec mes goûts et mon amour-propre. J'ai l'honneur d'être, *etc.* »

Il me répondit par un remercîment insignifiant, et par un silence absolu sur ma proposition. Un mois après je sçus que la place de Commissaire de Police allait être vacante, et aussitôt je repris la plume pour lui dire :

M. LE MARQUIS,

« Sans m'arrêter à faire ressortir de mon mieux le zèle, le désintéressement et le courage qu'annonce ma demande de ce jour, je me borne à vous exposer : Que la place de Commissaire de Police, m'assure-t-on de toutes parts, est ou va être vacante : Que les tracas, la fatigue et peut-être les dangers attachés à cette place n'ont rien qui m'effraie ; et Que, si vous voulez m'en confier la gestion, j'offre de m'en acquitter avec tout le soin dont je suis capable, en remettant au Roi, pour don patriotique, *tous* les émolumens attachés à cette place *tout* le tems que je la gérerai. J'ai l'honneur d'être, *etc.* »

A celle-ci pas plus de réponse, que n'en fit dans Lafontaine le roussin d'Arcadie au chien fidèle qui lui demandait son déjeûner. Et pourtant que demandais-je ? Aurais-je dû croire qu'une offre telle que celle-là ne serait regardée que comme une importunité ? Elle le fut ; et je n'importunai plus M. le Marquis. Mais, éconduit par le Préfet, j'espérai ne pas l'être par le Sous-Préfet, le Chevalier de Montozon ; et je lui adressai, vers la mi-Octobre, la lettre suivante :

M. LE SOUS-PRÉFET,

« Je vous offre, comme au premier Magistrat de mon arrondissement, l'hommage des trois petites bagatelles littéraires et politiques que la première restauration de nos Bourbons adorés m'a fait produire. Mon Cri d'indignation surtout mérite peut-être un peu de considération, à-cause de l'énergique attaque que j'y livre aux deux tyrans exécrables de 93 et de 1813. Quand j'aurais prévu, en composant, le retour du brigand Corse, et son alliance avec les brigands révolutionnaires, je n'en aurais pas dit plus. Si vous daignez, Monsieur, me lire entièrement, vous verrez dans mon placet au Roi, quelles sont mes dispositions pour le servir, lui, son auguste Famille et la patrie. Mes dispositions ne sauraient changer; et tout récemment encore j'ai offert à M. le Marquis de Nicolaï, après lui avoir fait le même hommage qu'à vous, de gérer, s'il le voulait, la place de Commissaire de Police en cette ville, sans toucher aucun émolument *tout* le tems de cette gestion. Je vous réitère cette offre, si elle vous regarde plus directement, et j'y joins celle de remplir généralement, *gratis pro Rege et patriâ*, telle fonction temporaire ou permanente qu'il vous plaira m'indiquer; pourvû pourtant qu'elle s'accorde avec mes goûts et mon amour-propre; car vous êtes trop juste pour ne pas admettre cette petite restriction. J'ai l'honneur d'être, *etc.* »

La réponse fut l'expression bannale d'un regret honnête de n'avoir aucune place à m'offrir, et j'attendis. Quelques jours après, j'allai au spectacle; et déja l'on était aux trois quarts de la réprésentation, que pas un des deux airs chéris des Royalistes n'avait rempli le vuide d'aucun entr'acte. Je les demande; sourde oreille : j'insiste; rien : je crie; des ris moqueurs joints aux refus. Indigné, je sors; je vole chez le Commissaire de Police; son gendre le dit malade; et je ne puis pas même lui parler. Je retourne à la salle; je reviens à la charge; nouvelles risées appuyant le plus obstiné refus; le spectacle finit complettant ma défaite; et le lendemain je la narre avec autant de force que de vérité au même Sous-Préfet, en finissant par lui dire; et notez, Monsieur, que naguerre, pendant les 100 jours, dans le même lieu, le même orchestre, devant le même public, faisait entendre, sans jamais se lasser, toutes les dégoûtantes carmagnoles révolutionnaires, auxquelles répondait, sans se lasser d'avantage, la presque totalité des spectateurs, par les trépignemens et les bravos prolongés d'un fanatique délire. Un Magistrat tel que vous ne fera-t-il pas cesser le scandale d'un silence que nulle autre ville n'admet ? A cette lettre point de réponse ; et depuis.... les deux airs n'ont peut-être pas six fois en trois ans flatté ou blessé aucune oreille. Ceci est un fait qui pourrait passer pour une épigramme.

Vers la mi-Février, le Secrétaire de la Mairie meurt ; et cette mort me paraissant être une occasion pour moi de me rendre utile, je m'empressai de lui écrire encore en ces termes :

M. le Chevalier,

« J'ai l'honneur de vous rappeler, en tant que de besoin, l'offre que je vous ai déja faite, il y a cinq mois, de remplir, *gratìs pro Rege et patriâ,* telle fonction qu'il vous plairait me confier, dans une partie quelconque de l'Administration ; il me semble qu'il y a lieu pour moi de reproduire mon offre, quand la mort d'un fonctionnaire public entraîne nécessairement le besoin d'un homme qui le remplace, je ne dis pas dans son propre emploi, mais dans l'Administration en général. Mes sollicitations pour être employé, tant de fois répétées sans succès, ne sauraient rien coûter à mon amour-propre, parce que le louable mobile qui me les fait faire, en contrebalance l'inutilité. Dans un siècle où tant

·dé milliers de gens s'évertuent en tout sens et de toutes manières, pour se faire nommer aux places lucratives, on a droit de *se présenter et représenter* avec quelque assurance, quand on ne désire et ne demande que de l'occupation, du travail, de la peine, sans autre salaire qu'un peu de considération, et le plaisir d'être utile à son Roi. On ne me contestera jamais la vérité ni la pureté de mon motif, puisque, comme je l'ai dit dans mon placet imprimé, je vis exempt d'ambition, et très heureux sans place. J'ai l'honneur d'être, *etc.* »

On me répondit en affectant un nouveau regret de ne pouvoir me placer; et j'attendis. Bientôt après je sais que la place de deuxième Adjoint dans notre Mairie est à donner, et mon zèle infatigable me remet la plume à la main pour lui écrire encore.

M. LE CHEVALIER,

« La réponse obligeante, dont vous avez honoré ma dernière, m'encourage à me mettre sur les rangs pour la place vacante de deuxième Adjoint au Maire de cette ville. J'ai repris d'hier mon domicile ici; j'ai tout mon tems à moi; l'énergie de mon caractère est connue; mon activité peu commune ne l'est pas moins; mon amour et ma passion pour la cause sacrée de nos Bourbons sont au-dessus de toute expression. Appuyé de toutes ces raisons j'ose me dire propre à cette place; et si elle est encore vacante, ou qu'elle revienne à vaquer, je m'estimerais heureux de me la voir confier. Mille nouveaux témoignages de respect. »

Cette fois pas un mot de réponse; et j'appris bientôt qu'il avait proposé un jeune Notaire, qui

pourtant ne saurait ni l'emporter sur moi par l'é-
tendue de ses moyens, ni me le disputer par la libre
disposition de son tems. Pour le coup je vis que je
ne convenais pas au cher Chevalier, et je me le
tins pour dit. Mais dans l'intervalle de la première
à la seconde de ces trois lettres, vers Août 1815,
ayant eu quelque besoin à la Mairie pour affaires,
et cette circonstance m'ayant attiré quelques hon-
nêtetés de la part du Maire antérieur à celui d'aujourd'hui, je lui fis parvenir la lettre suivante :

M. LE MAIRE,

« Encouragé par l'accueil bienveillant et amical
que j'ai reçu de vous deux fois de suite, en paraissant pour besoins dans le lieu de vos séances, je
vous offre, ainsi qu'à M. votre Adjoint, mon ca-
marade d'enfance, tous les petits services que vous
pourriez tous deux me juger capable de rendre à
l'Administration, dans la conjoncture critique où
nous nous trouvons. Je suis dévoré du désir de
servir le Roi, les Bourbons et la patrie, *gratuitement*, *ad honores*, pour le plaisir seul de dé-
montrer mon dévouement sans borne à cette cause
sacrée, que j'idolâtre. Déja l'année dernière j'ai
réclamé cet honneur dans un placet imprimé au
Roi, qui est à la suite de mon Cri d'indignation ;
déja cette année j'ai réitéré mon offre et ma demande à MM. nos Préfet et Sous-Préfet ; j'ai été
jusqu'à proposer de remplir ou temporairement
ou à continuer la place vacante de Commissaire de
Police en cette ville, en remettant au Roi pour le
soulagemene de l'État *tous* les émolumens attachés
à cette place *tout* le tems que je la gérerais ; et

certes il faut être dominé par une ardente passion de servir son Roi, pour faire une telle proposition.

Je vous la renouvelle, M. le Maire, en tant que besoin, à vous et à M. votre Adjoint, et je suis prêt à accepter de vous généralement telle fonction gratuite et même pénible qu'il vous plairait de me confier, sous la condition seule, qu'elle s'accordât avec mes goûts, mon amour-propre et mes faibles talens. Quoique je sois sur le point de retourner à Paris, où je suis domicilié depuis deux ans, je me déciderais facilement à reprendre ici mon ancien domicile, si je pouvais y être utile au Roi, aux Bourbons, à la patrie, et aux Magistrats de ma ville natale. J'ai l'honneur d'être, *etc.* »

J'eus une réponse fort honnête, et ce fut tout. Je m'en tins-là.

Ces trois portes fermées pour moi, je portai tous mes efforts à m'en ouvrir une quatrième, qui déja s'était entr'ouverte un an auparavant. J'avais tenté d'obtenir un diplôme de licencié pour être Avocat; mon unique but était, en le sollicitant, de conseiller et défendre toute ma vie *gratis*, à l'exemple de feu mon respectable père, par-conséquent d'être utile à mes semblables ; mes droits pour y prétendre étaient mes connaissances acquises, tant sous lui, que depuis quelques années principalement, et quelques succès obtenus au barreau tant Civil que Commercial; enfin mon espoir de réussir était fondé sur des relations que j'avais eues à ce sujet vers la fin de Février 1815 avec Monseigneur le Chancelier de France, et qui, j'ose le croire, eussent été couronnées du succès, sans le retour

de l'Usurpateur. Je songeai à reproduire ma de-
demande d'une manière et dans une forme qui me
valussent son obtention ; et voici comme je m'y
pris. Je commençai par dresser la pétition suivante
au Chancelier :

MONSEIGNEUR,

« En Février 1815 j'eus l'honneur d'offrir à V.
E. l'hommage de quelques bagatelles littéraires et
politiques de ma composition, en réclamant d'Elle
en même tems la faveur d'une exemption de diplôme de licencié en Droit pour être Avocat. V. E.
eut la bonté de me répondre, en agréant mon hommage, que j'eusse à produire mes motifs d'exemption, et qu'elle y ferait droit. Je les produisis ;
j'attendais tous les jours la décision de V. E. Le
cinq Mars arriva ; le fléau du monde reparut ; je ne
songeai qu'à fuir à-cause de mes écrits ; depuis je
n'ai fait aucune démarche ; et aujourd'hui j'en re-
fais une avec confiance. Mes motifs pour obtenir
la faveur que je réclame sont : 1°, Que je suis fils
d'un Jurisconsulte honoré et digne de l'être, qui
donna toute sa vie des conseils *gratìs*, et sous qui
je travaillai un peu dans le droit. 2°, Que depuis
j'ai beaucoup étudié cette partie, et qu'en l'étu-
diant encore dans le silence du cabinet, je suis sûr
de parvenir à être un Avocat digne d'estime avec
le tems. 3°, Que j'ai déja plaidé tant au Civil qu'au
Commerce avec un peu de succès. 4°, Que je veux
imiter toute ma vie mon digne père, en plaidant
et consultant *gratìs* pour les malheureux, attendu
que ma fortune quoique médiocre suffit à mes besoins et à mon bonheur. Je joins ici le certificat

qui appuie ma réclamation ; et je suplie **V. E.** de me croire , *etc.* »

Le certificat y joint m'avait été délivré par notre Juge-de-paix, ancien Avocat, le Substitut du Procureur du Roi, et quatre des plus anciens et des plus recommandables Avocats de la ville ; il était ainsi conçu :

Les soussignés certifient et attestent à qui il appartiendra, que le sieur Henri-Georges-Marc-Nicolas Jorand, de cette ville, est fils d'un Jurisconsulte éclairé, dont la mémoire est en honneur ici partout, qui prodigua toute sa vie des conseils pour rien , et qui sut donner à son fils une brillante éducation : Que ce dernier a travaillé sous lui toute son enfance et sa jeunesse , d'abord dans l'étude des sciences du premier âge , et ensuite dans celle du Droit : Que depuis il a plus particulièrement étudié cette partie, et qu'il a plaidé avec succès, tant au Civil qu'au Commerce, des affaires personnelles : Qu'enfin, avec ses connaissances acquises, celles qu'il acquerra dans le cabinet, et son talent pour écrire , il peut devenir un Avocat digne de considération. *Signé* Blondel, ancien Jurisconsulte et actuellement Juge-de-paix : Fouquier, Substitut du Procureur du Roi ; Desains , ancien Avocat ; Esmangard , ancien Juge ; et Lecaisne , Avoué-licencié. En-bas, l'attestation donnée par la Mairie, que les signatures étaient bien celles de ces citoyens ; et que de plus , mon père était Procureur du Roi au Grenier à Sel ; qu'il fut trente mois membre du Bureau de conciliation , et que son fils eut toujours une opinion et une conduite politique analogues à ses écrits : puis la légalisation du Sous-Préfet. En marge de ma pétition l'apostille suivante: « J'ai l'honneur de recommander à la bienveillance de S. E. Monseigneur le Chancelier de France, la demande du pétitionnaire, dont les bons principes, la moralité et les connaissances acquises sont autant de titres aux bontés de S. E. » *Signé* le Comte de Sainte-Aldegonde, député du département de l'Aisne, et Inspecteur Général des Gardes-Nationales.

Enfin j'avais soumis à S. E. cette observation sur mon certificat. Le Président et le Procureur du Roi de ce tribunal, lui disais-je, sont mes ennemis personnels, par suite de mon épître en vers, qui fit ici quelque sensation, et qui leur a déplu je ne sais pourquoi lors qu'elle parut : je viens d'en acquérir une nouvelle preuve par la défense qu'ils viennent de faire, au Doyen des Avoués, de signer mon certificat, *lors qu'il l'aurait signé d'inclination, s'il eût été libre :* ce sont ses paroles. Ce Doyen se nomme M. Hadengue ; son confrère, presqu'aussi ancien que lui, M. Lecaisne, me l'a signé sans en référer ; et les trois autres sont des jeunes gens que je n'ai pas jugé à-propos d'embarrasser. Enfin je ne dis plus qu'un mot : Un homme obscur tel que moi ne mérite aucune croyance d'un Magistrat suprême tel que vous ; mais vous êtes Ministre de la Justice, et vous aimez à la rendre ; faites prendre des informations sûres, amples et secrettes, sur la moralité, le mérite et le prix tant de mes six signataires, que de mes deux ennemis ; si j'obtiens de vous cette faveur, je n'ai plus rien à désirer.

Voilà dans quel état, pour quel but, et sous quels appuis ma pétition fut présentée. Ne devais-je pas la croire sûre d'un prompt triomphe ? Ne devais-je pas m'attendre à voir consommer en 1816, en-faveur d'un homme que la crise des 100 jours avait failli perdre, une petite œuvre de faveur, commencée en 1815, avant cette crise, et sans certificat de capacité ? Pour moi j'avoue bonnement que ma sécurité était entière, et que je comptais les jours en attendant la réponse. Elle vint, hélas ! et ce fut un néant à la requête, fondé sur une loi de l'an 12, qui avait fixé un terme pour ces sortes de faveur. Une heure après je répliquai à Son Excellence :

Monseigneur,

V. E. m'annonce que ma demande ne peut être accueillie, parce que le terme de ces sortes de réclamations est passé. Elle ne peut trouver mauvais que je lui fasse observer que, l'année dernière en Février, elle n'avait pas le même sentiment. Car elle a daigné m'écrire elle-même de lui faire savoir quels étaient mes titres à cette faveur, et surtout quelles études avaient pu suppléer à mon cours de Droit. Sans le retour de l'usurpateur, j'aurais vraisemblablement obtenu l'objet de ma demande, avec 20 *ou* 30 autres, qui ont eu cet avantage, et qui le sollicitaient dans le même tems que moi. Enfin aujourd'hui, j'appuie la même demande d'un certificat qui parle, et il est malheureux pour moi de voir ma réclamation qui fut admise en 1815, déclarée inadmissible en 1816, quand la loi invoquée existait aussi bien en 1815, qu'en 1816. Au-surplus, Monseigneur, je n'avais pensé à me faire Avocat, que pour faire tourner, au profit des malheureux, mon tems, mes moyens et mon zèle, que je n'ai pas le bonheur de pouvoir consacrer au service de mon Roi. Il est assez étrange et peut-être inouï, qu'un homme qui a quelques talens, qui n'a besoin d'aucun émolument, qui n'en désire ni n'en veut d'aucune espèce, qui n'ambitionne que du travail, de la peine, et point de salaire pour servir une cause sacrée, qu'il chérit, qui d'ailleurs a risqué l'exil, la réclusion, ou la mort, par le plus énergique des écrits contre le fléau du monde et pour le meilleur des Rois, n'ait pu ni ne puisse obtenir qu'on l'emploie *gratis* au gré de ses vœux. Mais *fiat voluntas Regis et Ministrorum;* je ne dois ni ne veux être que passif en tout cela. Quand on voudra de moi, je dirai, me voilà : tant qu'on n'en voudra pas, j'attendrai patiemment qu'on en veuille. J'ai l'honneur d'être, *etc*.

Après une attente de 5 *ou* 6 mois, renonçant à tout espoir, mais voulant au moins ravoir ma pétition et mon certificat, parce qu'ils m'étaient honorables, et qu'on tient à garder ce qui fait honneur, je les redemandai au Ministre et terminai en disant: « Dieu veuille qu'il vienne un tems où l'on envisage d'un autre œil une demande d'exemption de diplôme, faite par un homme de 40 ans, qui a les qualités requises pour la place ; qui n'eut jamais pour mobile que le noble but de servir les malheureux ; qui jamais n'eût exercé que *gratis et ad honores*; que ses opinions et sa conduite politique, bien connues et bien attestées, rendaient peut-être digne des bontés de V. E., et qui enfin y avait peut-être un droit formel, par la publication d'écrits assez énergiques et /assez beaux, pour qu'il ait pu être emprisonné, exilé ou fusillé, si le Corse eût triomphé à Waterloo !

On me rendit ce que j'avais réclamé, et les choses en restèrent là, et mes pièces serviront ou ne serviront pas, selon qu'il plaira à Dieu ; et l'on voit, que ni d'une manière ni d'une autre, ni en m'adressant aux chefs, ni en importunant les subalternes, je ne pus parvenir à me rendre utile. *Fit levius patientiâ quidquid, etc.*

Enfin arriva ce jour de glorieuse mémoire, où Monseigneur le Duc d'Angoulême honora nôtre ville de sa visite, et me fit atteindre, sinon le but auquel j'aspirais, du moins un que je m'estimerai toujours heureux d'avoir atteint. Mais n'anticipons pas, et continuons d'exposer les faits. Dès l'instant que je sçus sa venue, je me dis : C'est un Prince bon et sage, d'un caractère ferme et juste, d'un accès facile, et d'un tact sûr pour juger les hommes et les choses ; il est de-plus accompagné d'un Seigneur digne de le servir et de le seconder dans ses nobles travaux ; soit près de l'un, soit près de l'autre, je me fraierai toujours un chemin, je me ferai connaître et on m'emploiera. Plein d'espoir et d'amour, je vole à la rencontre du Prince ; sa vue m'électrise encore plus qu'à Paris ; je satisfais le besoin de mon cœur par mes cris d'allégresse ; j'en reçois des saluts qui me transportent ; mais je ne puis rien lui offrir ; il était à cheval, suivi d'un cortège imposant ; la foule *des curieux* était grande ;

il eût fallu m'élancer, dire un mot, arrêter le
Prince, me faire remarquer ; mon naturel timide
et simple l'emporta, je rentrai chez moi, sans être
plus avancé qu'avant d'en sortir ; et ne m'occu-
pant plus que de la seconde ressource qui me res-
tait, je me hâtai de m'en servir, en écrivant au Duc
de Damas la lettre suivante.

M. LE DUC.

« Qu'il soit permis à un habitant de cette ville,
enthousiaste adorateur des Bourbons, d'adresser
à l'ami d'un de nos Fils de France une prière, en lui
faisant hommage des trois opuscules ci-annexés. Si
vous daignez me lire entièrement, Monsieur le Duc,
vous apprécierez, j'en suis sûr, la noble passion qui
m'anima quand j'écrivis ; et mon placet au Roi
vous donnera la mesure de mon zèle désintéressé
pour le servir. Quand le plus fidèle et le plus dé-
voué des serviteurs réclame, avec une si vive ins-.
tance, pour prix de tant d'amour, la faveur d'être
employé *gratis et ad honores* dans une place quel·
conque, qui le rende utile à la Famille Royale et à
la Patrie ; c'est prouver, je pense, d'une façon.
aussi louable que rare et neuve la pureté et la noblesse des sentimens qui le transportent. Il devrait
donc par cela seul se donner des droits à la bienveil-
lante protection de ceux qui comme lui adorent cette
auguste Famille. Mais ces droits semblent prendre
plus de consistance, lorsque, par un de ces coups
du sort qui bouleversent les États, l'auteur d'écrits
tels que les miens a risqué l'exil, la réclusion, ou
la mort, par son énergie politique. C'est par les
dangers qu'il a courus, en défendant la plus belle

des causes, qu'il établit son droit de la défendre encore en s'employant pour elle. Plus il a donné de garantie par son dévouement inouï, plus il doit obtenir de confiance et de considération. Malheureusement ni mes écrits, ni mes principes, ni mes droits n'étaient de nature à faire fortune dans ma très chère ville; et quand je dis *malheureusement,* c'est bien ma ville que je plains et non pas moi. D'un autre côté, le système adopté par les Ministres est de prendre, sur les gens à mettre en place, les informations d'usage près des autorités locales. Sans discuter ce système, il en résulte que je ne suis pas employé; et si dans cent autres lieux le même effet se répète, voilà cent serviteurs d'une ardeur et d'une fidélité peu communes, qui ne rendent aucun service. Quant à moi, Monsieur le Duc, depuis la première restauration jusqu'à la rentrée du Corse, depuis la seconde restauration jusqu'à ce jour, je n'ai pas cessé de frapper à toutes les portes, d'assourdir toutes les oreilles, pour obtenir un emploi *gratuit,* qui ne me donne que de la peine et du travail, qui me mette à-même de déployer mon amour exalté pour les Bourbons, et d'en mériter un regard de satisfaction : je suis aussi avancé que le premier jour. Que je n'aie pu parvenir à me faire entendre dans cette ville, où ma tête et mon opinion aussi énergiques l'une que l'autre m'ont fait tant d'ennemis déclarés de toutes les classes, je le conçois et m'y résigne facilement: mais que je ne parvienne pas un jour, n'importe où, à rencontrer des oreilles propices, qui exaucent le cri de mon cœur, et une main protectrice,

qui place ma personne ; voilà ce que je ne con-
cevrais pas , et ce à quoi je me résignerais diffici-
lement. Puissé-je enfin, Monsieur le Duc, trouver
en vous ce protecteur bénévole, qui accomplisse
mon vœu le plus ardent ! Il me serait bien doux
de le devoir au fidèle serviteur et compagnon de
Monseigneur le Duc d'Angoulême. Mais si ce
bonheur ne m'est point réservé, que j'aie au-moins
celui d'être lu par ce bon Prince, et je n'en demande pas d'avantage. J'ai bien été , dans le
tems, admis à l'honneur de présenter dans le salon
bleu un exemplaire de mes écrits à chacun des
Membres de la Famille Royale : mais fus-je lu ? j'en
doute; et je m'estimerais bien heureux, si vous
daigniez sous peu me faire écrire ces quatre mots :
S. A. R. vous a lu, je vous l'assure. Car j'en
espérerais un suffrage qui me paierait au centuple
le peu que je fis pour la cause qui m'est si chère.
C'est dans cette attente , *etc.* »

Déja dix mois sont écoulés depuis l'envoi de
cette lettre , et certainement il ne m'en reviendra
jamais de réponse ; mais j'ajoute que, depuis dix
mois moins un jour , je n'en attends ni n'en désire
plus; et cela signifie en d'autres termes, que le sur-
lendemain du départ de Monseigneur, c'est-à-dire
quand je connus à-fond toutes les circonstance
de sa venue , j'étais corrigé de mon Ultra-Roya-
lisme , radicalement et pour la vie. Reste donc à
expliquer cette correction et sa cause ; et j'ai fini.

Aussitôt qu'on fut sûr de la venue du Prince ,
on s'occupa bien-entendu de son logement ; mais
sur ce point, ainsi que sur bien d'autres , je veux

et dois me taire; en ce tems-là j'étais un royaliste
un peu difficile; et en cette qualité j'ai pu trouver
beaucoup à reprendre dans ce qui se fit. Aujour-
d'hui je suis un royaliste fort accommodant, et
je trouve que tout alla comme il devait aller. Il
faudrait donc exposer et motiver mes deux manières différentes de voir les choses, et le para-
graphe joindrait l'insipidité à l'inutilité. Ensuite je
ne pourrais me livrer à des détails, sans tomber
dans l'inconvénient des personnalités; et l'on a vu
plus haut ce que j'en pense. Je ne dirai donc rien
du logement de Monseigneur et sa suite dans notre
ville. Mais, par compensation de cette petite la-
cune, je vais un moment amuser le lecteur et moi-
même, en transcrivant ici une lettre, qu'un autre
fou de la même espèce que j'étais alors, écrivit
d'une autre petite ville, à un ami commun, qui
me transmit la dolente épître. Cette ville avait joui
du même honheur que la nôtre; et l'Ultra-Royaliste, dépité, s'exprimait ainsi:

« C'en est fait, mon ami, notre cause est per-
due; et le jugement est sans appel. Jusqu'ici j'es-
pérais encore dans le bénéfice du tems; je n'y es-
père plus, depuis que j'ai vu de mes yeux ce qui
s'est passé dans cette maudite bicoque, lors de la
visite qu'elle a reçue de S. A. R. Monseigneur le
D. d'A. Si je ne l'avais pas vu, et qu'on me le ren-
dît, je ne le croirais pas; mais malheureusement,
j'ai acquis, comme Alceste, le droit de pester tout
mon saoul; or écoute:

Je t'ai déja dit que nous avions pour Maire ce
qu'on appelle un brave homme, bon royaliste,

riche au moins de 10,000 fr. de rente, mais vain
à-l'excès de sa petite noblesse, ne jugeant pas que
le mérite vaille la peine d'être honoré dans un ro-
turier, et se trouvant un peu dans la cathégorie de
ceux que désigne la première des huit béatitudes.
Je te dis aujourd'hui, que nous avons pour Sous-
Préfet, une ancienne créature du Corse, au-des-
sous de 3o ans, sans fortune, et fréquentant vo-
lontiers les cercles de nos matadors napoléonistes;
petit bonhomme, bouffi d'orgueil et de suffisance,
musqué, pincé, laconique, et d'une morgue,
d'une morgue,.... à faire mourir de rire, soit
quand il donne ministériellement audience, soit
quand il balance encore plus ministériellement son
corps à la procession. Ce furent ces deux Magistrats
qui réglèrent ensemble les dispositions de la fête;
et croirais-tu que notre triste Maire, à qui appartenait le droit inapréciable de loger le Prince, se
persuada ou se laissa persuader que sa maison, la
plus grande et l'une des plus belles de la ville, ne
pouvait décemment le recevoir! Est-on plus pauvre
d'esprit ou de fermeté? Un honneur inouï, dont
l'éclat, toujours digne d'envie, rejaillit sur la pos-
térité la plus reculée de l'heureux hôte, ne pas le
réclamer avec autant d'avidité que d'obstination!
Consentir à s'en priver, à le laisser passer sur la
tête d'un autre! cela se conçoit-il? Il le fit pourtant,
et un autre obtint un si doux avantage. Mais qui
fut cet heureux mortel? Un jeune négociant, ma-
nufacturier et meûnier tout-à-la-fois, fils d'un autre
négociant qui était Maire au 2o Mars, qui fit chanter
le *Te Deum* aussitôt la nouvelle de la rentrée du

Corse ; qui dans les rues et sur la place publique sau‑
tait en forcené de joie et d'ivresse , et faisait voler
en l'air son chapeau comme un homme du peuple ;
qui depuis *fut membre de la Conventionelle as‑
semblée des cent jours ;* qui depuis alla parlementer
avec les Alliés, la cocarde tricolore à son chapeau,
et qui aurait avec son digne fils mis à‑bas tous les
Bourbons de la terre, pour élever sur leurs ruines
le fléau du monde, qu'ils adoraient ; *tous deux
signataires de l'acte additionnel* comme de raison ;
tous deux ne cachant pas plus leur opinion , qu'ils
n'avaient caché leur conduite ; tous deux non‑
moins dignes, par leur immense fortune que par
leur altière arrogance, de tenir le haut bout dans
la longue file de nos napo‑marchands. Voilà
l'homme qui logea le Duc d'Angoulême. Chez qui
plaça‑t‑on les principaux Seigneurs de sa suite ?
Chez un autre négociant beau‑père du précédent,
bimilionnaire par l'effet du fameux systême conti‑
nental ; décoré de la croix d'honneur par le cher
Napoléon lui‑même , *autre signataire de l'acte
additionnel ;* et chez un autre négociant ami in‑
time du précédent , *autre signataire ainsi que ses
fils , autre membre de la deuxième Convention ,*
qu'il ne quitta point avant qu'elle n'eût rendu le
dernier soupir. Le reste du cortège placé dans le
même sens.

Exempte‑moi de te dérouler ici le tableau di‑
versifié de la pompeuse solemnité. Exempte‑moi
de te peindre toute notre ville en l'air, dès la veille,
tout le jour, et une partie du lendemain ; toute la
Garde‑Nationale en grande tenue et sa musique en

grand exercice ; toute la population précipitée hors des portes par la curiosité, jointe à l'amour dans un petit nombre ; l'attente et l'agitation universelles redoublant quand le beffroi et le canon signalent l'approche des voitures ; puis l'entrée triomphale, les audiences, le dîner, le bal brillant qui le suit, les parures éblouissantes, l'ivresse des danseuses, rangées sur deux lignes et honorées de quelques paroles gracieuses du Prince ; enfin les danses commençant sous ses yeux, pour se prolonger jusqu'au jour ; sa retraite avec sa suite ; son repos au milieu des Gardes qui veillent près de lui, et son départ accompagné des mêmes honneurs que son arrivée. Tout cela fut tracé mille fois ; toutes les relations de ce genre se ressemblent ; en lire cent ou lire la même cent fois, c'est à-peu-près égal ; encore un coup exempte-moi de tout développement, et redouble ici d'attention pour quelques particularités, qui sont à mes yeux la démonstration du théorême par lequel j'ai débuté.

Tu sens bien que des Princes, d'une aménité, d'une grace aussi touchantes que celles des Nôtres, ne sauraient manquer de les déployer avec éclat dans les milliers de rapports qu'une telle fête établit entre eux et tout ce qui les approche. Tu devines donc bien que l'hôte et l'hôtesse du Duc d'Angoulême furent comblés par lui de bontés et d'attentions marquées. C'est aussi par cette raison que le Maire n'aurait dû pour rien au monde céder à un autre, encore moins à un autre de cette espèce-là, son inestimable prérogative. Mais sais-tu ensuite qui furent principalement les heureux que le Prince daigna distinguer, sciemment ou non, dans les témoignages de sa bienveillance affable? Ceux qui dans tous les tems de notre infernale révolution se prononcèrent le plus énergiquement contre les Bourbons; ceux qui dans celle des *cent jours* marquèrent le plus déhonté enthousiasme pour la faire triompher; en un mot tous ces milords-marchands-cotonniers et manufacturiers, qui n'ont pas mis plus de mois à faire leurs fortunes colossales, que nos pères ne mettaient d'années à faire leurs fortunes modérées; dont à-peine un sur dix ne fut pas l'adorateur du Corse et le comtempteur des Bourbons; qui la veille peut-être ridiculisaient entre eux S. A., et le lendemain lui faisaient la grace de dire avec un ton insolemment protecteur, qu'Elle s'était fort bien conduite, et qu'ils étaient contents d'Elle. Au bal surtout, sais-tu avec qui on la vit s'entretenir le plus souvent et le plus familièrement? Avec le bimilionnaire légionnaire, et l'un des fils du *Représentant Conventionnel*, qui n'était pas là. Enfin Elle alla jusqu'à s'informer de ce dernier avec intérêt, et en parler avec éloge. * Le fait et sûr; ma triste tâche est

---

* Si le fait est vrai, j'avoue qu'un Bourbon, qui s'informe avec intérêt d'un Membre de l'assemblée des *cent jours*, confond toutes mes idées. Car à-coup-sûr la Convention de 1793 et le Champ de Mai de 1815 avaient bien les mêmes sentimens et les mêmes principes, *au-moins quant aux Bourbons. Mort aux Bourbons, exclusion perpétuelle des Bourbons*, c'était bien-là le cri, la règle et la loi de la deuxième Convention, cousine germaine de la régicide. On ne peut pas plus nier cela, que l'existence du jour à midi, et alors ..... Ma-foi je m'y perds.

remplie , et je m'écrie malgré moi : Bon Dieu! quand au retour de l'insulaire Elbien nous nous séparâmes désespérés, pour aller, moi dans le nord, toi dans le midi , attendre une époque moins désastreuse , aurions-nous jamais cru , qu'un jour notre parti , redevenant vainqueur , ne serait pas mieux vu que le vaincu , par nos augustes Chefs ? *Vale et me ama sicut te amo et valeo ;* voilà du-moins deux sortes de jouissances, qui consolent de tout quand on les goûte, et dont le vrai sage fait ses uniques idoles, parce qu'il n'a jamais à regretter l'encens et les sacrifices , dont il honore leurs autels. »

On voit par cette épître assez longue et assez expressive , que le pauvre ami prenait la chose au tragique ; et je ne doute pas que sa morose jérémiade ne le fasse condamner par bien des lecteurs aux grains d'ellébore de Lafontaine. Quant à moi ce que je trouve de plus solide et de plus sensé dans sa lettre , c'est le sentiment noble et vrai, qu'il y exprime très-bien à la fin , sur les deux plus précieux trésors de l'homme ici-bas , la santé et l'amitié. Mais revenons.

Il n'y a que trois points de ressemblance entre ce qui se passa dans la ville de *** et ce qui se passa dans la mienne. Le Commerce fut de-même distingué particulièrement dans la faveur de S. A. : notre Maire, par un excès de modestie sans-doute, renonça de-même au bonheur de la loger. Il régla de-même les dispositions de la fête, de-concert avec notre Sous-Préfet, à qui l'on a vu que je n'eus pas l'avantage d'agréer; mais que je n'en reconnais pas moins pour un excellent administrateur dans le sens du régime actuel, et de plus pour un Magistrat d'une ardeur et d'une vigueur recommandables, dès qu'il s'agit de suivre et de seconder la suprême volonté de notre bon Roi. Car dans le tems de l'Ordonnance Royale, qui élimina M. de Châteaubriant du Conseil, ayant sçu que le coupable écrit, auteur de la disgrace, était entre les mains d'un citoyen de cette ville, il l'envoya chercher, lui donna une bonne semonce, en traitant l'ouvrage d'infâme, et se fit remettre l'exemplaire. * Je poursuis ma narration.

Le Prince arrive, et notre Maire, à qui appartenait, ce me semble, la douce prérogative d'aller le recevoir, la cède à son Chef qui se porte à cheval au-devant de Monseigneur. La rencontre se fait au milieu du faubourg; S. A. descend de voiture, monte un cheval blanc, et entre côte-à-côte avec l'heureux Sous-Préfet. Ce fut moi qui à la descente de l'écluse entonnai les *vivat*; j'eus un gracieux salut pour récompense, et tous ceux qui m'imitèrent, n'importe où et quand, dans les lieux où se montra S. A. furent payés de-même avec une bonté charmante. Le monde entier sait que la grace des manières et l'aménité du caractère dis-

---

* L'individu mandé, tancé et dessaisi se nomme M. Colliette, ex-dragon, émigré rentré, capitaine dans notre Garde-Nationale, qui m'a rendu le fait, et de qui je ne crains pas un démenti, parce qu'il est homme d'honneur. Je fais cette note pour prouver que je n'avance rien à la légère, et que M. le Sous-Préfet de notre arrondissement sçait déployer dans l'occasion, vigilance, activité et sévérité.

tinguent éminemment les Bourbons. Cela s'est dit mille fois, et me paraît toujours bon à redire, à-cause des rapprochemens à faire avec le Corse, et des sentimens à éprouver pour nos Princes. Rentré chez lui, le Duc d'Angoulême donna un quart d'heure d'audience aux Autorités, et commença la visite des manufactures. Il visita d'abord, bien entendu, celle de son hôte, puis celle du cousin de son hôte, en vis-à-vis; puis une blanchisserie, puis un apprêt, puis quelques autres lieux et manufactures; puis il rentra et dîna. A ce dîner avaient été invités par lui le Préfet, le Sous-Préfet, le Maire, les deux Présidens des deux tribunaux, et surtout quatre Négocians représentans le Commerce. Car, comme j'en ai prévenu tout à-l'heure, l'honneur de cette journée fut principalement pour MM. les Négocians, que j'en félicite aujourd'hui de fort bonne grace. Au repas somptueux succèda un bal magnifique que S. A. honora de sa présence, et où elle se montra, comme se montrent partout les Bourbons, c'est-à-dire les meilleurs, les plus aimables et les plus affables des Princes. Vers minuit, Elle se retira, se coucha, entendit la messe le lendemain matin, et monta dans sa voiture devant le grand portail de l'église, pour continuer sa route par Péronne et Amiens. A cette courte et simple relation ajoutons un mot nécessaire pour l'intelligence de ma réformation : c'est que S. A. dans nôtre ville, par l'effet du systême arrêté sans-doute entre Elle et S. M. pour cette grande tournée départementale, suivit à-peu près ces mêmes erremens, tint à-peu-près cette même conduite, qui attrista les yeux et gonfla la poitrine du pauvre Ultra de *** ; c'est qu'en audience, en visite, à table, au bal et partout, les sourires, les mots obligeans, les marques de la plus éclatante bienveillance furent généralement pour ceux qui ..... appelons ici à notre secours une figure de rhétorique, pour éviter toute inconséquence, et terminons par quelques réflexions, précédées d'un fait assez curieux, antérieur d'une quinzaine à l'honorable visite du Prince.

J'étais encore au spectacle, mais sans y demander Henri IV ni Gabrielle, puis qu'il est décidé qu'on ne les joue plus. Mlle Georges passait dans notre ville et y donnait Mérope. Le Corse et Poliphonte ont entre eux une telle analogie, qu'elle frapperait un écolier. Tous deux soldats de fortune, tous deux élus souverains par le peuple, tous deux assassins, le premier d'un membre, l'autre, du chef de la famille régnante avant eux ; tous deux couverts du sang des combats et des forfaits, ils ont tous deux un droit égal à l'horreur et aux malédictions des ames honnêtes et sensées. Eh bien ! à-peine la fameuse tirade du *Soldat-Roi* eut-elle été débitée, qu'il se fit dans la salle une explosion tellement phrénétique, tellement prolongée, de cris, de bravos, de battemens de mains et de pieds, de ces transports enfin qui éclatent en pareil cas, que jamais, sous le règne même du très cher Empereur et Roi, on n'aurait pu saisir et fêter l'allusion d'une manière plus énergique et plus enthousiaste. Témoin de la même scène aujourd'hui, je me contenterais d'en éprouver une dédaigneuse pitié ; mais alors , j'en dois convenir, j'eus la sottise de me laisser maîtriser par la plus vive indignation ; et à-peine la réponse écrasante de Mérope au dégoûtant Matamore était-elle finie , que je me livrai comme un fou aux mêmes trépignemens, aux mêmes transports , dont on venait de me donner l'exemple. Puis me retournant d'un air de triomphe (car étant à la balustrade , je n'avais devant moi que l'orchestre et les acteurs), je dis à intelligible voix : «J'ai mon tour du-moins.» «Oui, me répond un citoyen , mais vous êtes seul aussi. » *Et la chose était vraie*. Sur ce fait , et sur celui de l'usage établi à notre théâtre de ne jamais jouer les deux airs royalistes , j'invoque le témoignage de nos Magistrats eux-mêmes , qui , incapables de mensonge, ne me démentiront pas.

Maintenant je le demande, de ces deux cents énergumènes, qui fêtaient leur patron avec tant d'impudence 15 *ou* 20 jours avant la venue de S.A., oserait-on me nier qu'un dixième au-moins fut du nombre des heureux qui l'approchèrent , l'entendirent , lui parlèrent et en furent accueillis ? Et si je ne me trompe pas , n'est-il pas un peu malencontreux pour celui qui seul opposa énergie à énergie, fureur à fureur , en vengeant la cause sacrée qu'on outrageait , de n'avoir pas même obtenu un mot de réponse du Duc de Damas.

Autre hypothèse : Aujourd'hui que la bonté inouïe d'un Bourbon s'est si admirablement déployée dans ma très chère ville , si la même occasion se reproduisait au théâtre , oserait-on m'affirmer que la même scène ne se reproduirait plus ?

Et si elle recommençait, serais-je blâmable, en bonne conscience, de m'en tenir à un froid dédain ? J'avoue que tout cela me paraît offrir matière à réflexions, et que plus d'une fois j'en ai fait de sérieuses, qui n'étaient pas éloignées de se convertir en murmures. Mais nos Bourbons sont si bons, et leur Chef est si sage, que mon esprit confondu et ma plume paralysée ne me permettent rien autre chose, que d'admirer, de faire attendre, et de faire des vœux dans un respectueux silence.

Enfin une troisième et dernière hypothèse. Si pour le malheur de l'Europe en général et le mien en particulier, l'Usurpateur reparaissant encore sur la scène, parvenait, même momentanément, à refaire peser sur ma patrie sa verge despotique, quel serait le sort des Scheffer, des Crevel, des Feret, *etc. etc.* et des moindres grimauds politiques, qui auraient sàli de leur venin la bonne cause et les vrais principes ? Quel serait celui des Châteaubriant, des Fiévée, des Bonald, *etc. etc.*, et pour sauter sans gradation du plus haut rang au plus bas, quel serait le mien propre, * après la publication de mes brochures, celle-ci comprise ? N'est-il pas indubitable que les faveurs, les honneurs, les récompenses pleuvraient sur les uns, les disgraces, les humiliations, les châtimens sur les

---

* Le 21 Mars, au matin, 4 fusiliers vinrent me chercher à mon domicile, rue de la Tixeranderie, n° 48 ; et heureusement j'avais fui la veille. Mais, à recommencer, croit-on que la fuite me sauverait encore ? Non, non, de par Saint Napoléon, non.

autres ? Que l'or, les emplois, les décorations, les pensions, les dignités seraient le partage des premiers ; les amendes, les confiscations, les fers, les peines infàmantes, les persécutions, l'exil et peut-être la mort le partage des derniers ? Ne semble-t-il pas au premier aspect que le *vice versá* devrait exister dans l'état actuel des choses ? Pourquoi n'en est-il rien sous notre bon Roi ? parce que son système politiq.ie est aussi bénin, aussi sublime, aussi libéral, aussi extraordinaire, que celui du Corse serait tragique, terrible, égoïste et impitoyable.

Pourquoi la tourbe effrontée et calculatrice des prôneurs du Corse recueillerait elle les plus beaux fruits de leur descente dans l'arène sous ses bannières ? *quia Ducem respexissent.* Pourquoi Chateaubriant fut-il chassé du Conseil et Fiévée condamné à la prison ? *quia Ducem non respexerunt.*

Concluons sans balancer qu'un *Ultra-Royaliste* aujourd'hui ne saurait plus être qu'un *ultra-benet*, puisque notre bon Maître croit devoir préférer dans sa paternelle bienveillance ceux qui furent ses plus acharnés ennemis, à ceux qui marquèrent pour lui, d'une manière éclatante et même périlleuse, leur amour, leur enthousiasme et leur dévouement. Aussi suis-je corrigé, bien corrigé, je le répète ; et si je veux qu'on sache, qu'un Royaliste tel que moi, auteur d'écrits tels que les miens, à son aise, ayant quelques talens, avide de les employer, a écrit au Roi, à deux Ministres, à son Préfet, à son Sous-Préfet, à son Maire, et enfin au Duc de Damas, pour être placé *gratis* et *ad*

(49)

honores, sans jamais obtenir cette faveur ; c'est
que je veux que mon exemple au-moins puisse
servir à rendre froides et sages les têtes ardentes et
folles, qui dans les révolutions se lancent, se dé-
mènent, se tourmentent en tout sens, s'exposent
à de sinistres conséquences, pour le triomphe de
la bonne cause, et n'en recueillent hélas ! .....
qu'une déconvenue complette, et la risée de leurs
ennemis. Pourquoi ? *quia-Duces non respexerunt.*
Ergo, pour finir comme j'ai commencé : *In omnibus finem, et in novis rebus Duces respice.* C'est
en toutes choses la fin, et en révolution les Chefs
qu'il faut considérer.

FIN.

ERRATA.

Page 4, ligne dernière de la note, *d'avec*, lisez
avant.

Page 6 (note), ligne 5, après *qu'on puisse*, lisez
trop aimer, etc.

Page 30, ligne 15, lisez *qui fit ici quelque sensation lors qu'elle parut, et qui leur a déplu, je
ne sçais pourquoi.*

Page 32, ligne 19, après *qu'on en veuille*, lisez
et ma patience n'aura aucun mérite.

Nota. S'adresser directement à l'auteur, pour avoir des
exemplaires.

28